吉田國厚 詩集

眞摯の刻《とき》

竹林館

吉田國厚詩集

眞摯の刻

目次

Ⅲ

Ⅳ

V

献辞

幼よりうたの野なかに
きままに
きながに遊んでもらった
父母兄姉に捧げます。

詩集

眞摯の刻

カバー絵　田守陳哉《のぶや》
題　字　増田ツル子

プロローグ

よきこともなくをはるみのひとりかげ
ありし真摯のときをさまよふ

I

父

この山とこの川を背に悠々と堂々として父逝き給ふ

僕が物心ついた頃から
父は中折帽をかぶっていて
鼻の下に髭をたくわえ
服はチョッキの三つ揃え
靴はズボンにかくれた半長靴で
いつもステッキを携えていた
和歌《うた》の本《ほん》はいつも内懐《ポケット》に入っていたが
敗戦後はパージをくらったから
懐は乏しかったにちがいない

書は王義之風で
和歌や俳句はなかなかのものだったが
好きな碁は子どもたちにいつも負けていた
優しい　賢い嫂《あによめ》に恵まれて
初瀬谷《はせだに》の内で
悠々と　堂々と
九十一で父は逝った

僕も四十を過ぎてから
その頃はめずらしくてジロジロみられながら
父に倣って髭をたくわえ
棒術を習って　ステッキを持つ準備をととのえた
金の流れはなかなか僕にとどかなくても
「入るを量りて出ずるを為す」ので
それはいい

だが世間の流れそのままに
余暇はいっぱしにゴルフに追われ
読書はテレビに甚だしく侵されている

もし僕が長生きして
父の格好はまねられても
さて
悠々と　堂々といられるものか

母

商家の一人娘で結構に育って
ずいぶん気儘が通ったろう
勉強が得意で　都会に女中さん付きで下宿して女高師*に通ったが
祖父がやっぱり心配して
親元にもどされ近くの女学校に転校しそこを卒業して
美男で親類先の父を婿に迎えた
新婚旅行の写真にも女中さんが一緒に写っている

敗戦で難儀な時期
母は家事を元気な祖母におまかせだった
そのころだったか「羊羹てなに？」と聞いてえらくかわいそうがられた

おれはなんでもなかったのに・・・
世間が落ち着いてから祖母が亡くなって
家事はまたお手伝いさんがした
母はさて　なにをしていたか・・・

生花は見事であった
字は知的で美しく
茶は「表」をよくした
御仕舞は腰が据わっていて　小さい体が大きくみえた
謡《うたい》の憶えは得意だった

おれの思春期（おれはそれを意識したことはなかった）が
母の（いまにして思えば）更年期と重なったのは
不運というものだ
二人の距離は遠くなった

それにおれもそろそろ人生が忙しくなりだしていたし
やがておれは結婚し次女が小児喘息になったとき
母がお百度を踏んだと聞いた
もちろん治ったのは医学によるものだが

父の米寿を祝った次の年
訪ねていつものようにおれは両親の話を聞いていたが
そのうち
母は父を促した
「あれ言うときなはれ」
「ウン・・・これ憶えときや」
　小事は情を以って処し
　大事は理を以って決す
あたかも口伝を授ける如く父は二度くり返し

めずらしく一言の注釈も加えず
また他の話に移った
おれは長時間　話を聞いて遅くに辞した

まもなく父は逝き母も逝った
あれは遺言のつもりだったのだろう
しずかに思うのだが
大事も情を以って決した父ではなかったろうか
母もよく理を以って決したろうか

＊女子高等師範学校

義母の死

櫻花極める夕べに
母の息は止んだ
身に残ったエネルギーを使い切ってのことだから
苦しい顔ではなかったし
翌日　朝から散りだした花びらに
家族はその必然を讃嘆した

戦争と一家の難儀を耐え
家族制度を耐えた九十九年の死顔は
厳かで　やさしくて
皆を安寧にさせた

通夜は疎開に来ていた多勢が
感謝いっぱいで集まってその顔に見入った

葬儀が終わり
火葬炉の厚い扉を閉じた職員は
点火のボタンを押すよう僕をうながした
ボタンに指を延ばしたが
「押さんとこか」　皆をふりかえった
扉を開け母をひき出したかった
もういちど　家につれて帰りたかった
皆はいっそうおし黙った

虚ろなままボタンを押した

愛ちゃん

叔母は心臓発作で亡くなった
八十五歳だったが　社交家で　ふっくらとした美人で
死化粧も眠っているみたいにみせていた
一人息子は四人の子持ちで
帰ってきた大学生の姉にまとわりついて小学二年生の末ッ子は上機嫌だった
斎場に至り焼却炉の前で最後の別れに棺の蓋が閉じられたとき

姉の手にからみついてた愛ちゃんが見上げて聞いた
――おばあちゃんどうしゃはんの――
――焼かはんね――
愛ちゃんはお姉ちゃんにすがって泣き出した
家に帰ってもお母さんに抱かれて泣いていた
庭の真ん中　松の下に愛ちゃんが埋めた
金魚の墓標が覗いている

兄姉

丈は短いが病気に強く
運動神経もまんざらでない体に
産んでくれた両親に感謝している
そして　兄姉に恵まれ育まれたことに感謝する
二人の兄とは十《とお》と五つ　姉とは七つちがって
小さいときは大人と子どもに知識がちがう
夜《よる》は　特に冬の夜《よ》は
僕も四角い掘り炬燵の一辺を占めて
兄姉の話しているのを聞く
それは楽しい　終わるのが惜しい　寝る時間のくるのが恨めしい
　いつまでも続いてほしい時間だった

デカルトは本当だと思った
ダーウィンには全く抵抗がなかった
志賀直哉は文章の手本と信じたし
ゼノンは小さな哲学者を驚嘆させた
さすがにフロイトは話題から避けられたが・・・

今でもみんな集まると話すのが楽しい
僕も今では
なんとか一人前に加わっていて・・・

人生（一）

結婚して三年目のまだ甘い夢のうち
朝はやくねむりごこちをかき乱すは
庭の松に巣をかけた鳩の鳴き声
糞にはおそろしいウイルスもいるとかで
臨月の妻のこともあり卵を抱いているやつを
空気銃で撃ったが
どうしたことか　ピクリともしない
気味わるくって銃身でつつくと
俺に向かってとびかかってきたが
ちから尽きて地面に落ちた
温かな卵ふたつ残して・・・

次の朝から我家には平穏な日がもどり
いく日かして妻は元気な赤子を産んだ
もちろん偶然だが
その子は喘息に罹った

おふくろが踏んだお百度はともかく
妻の気ながい努力のおかげで
成長とともに治ったが
最近その娘が赤ン坊を生んだ
いまのところ元気に泣いている

アジア大陸の高い山間に住む民族で
毎日繰り返し
家事に精をだす嫁を見遣りながら
一家の老祖母が

文明国の記者のインタビューに答えている
私の娘はよそ村へ嫁いで各々に家族を持ち
あの嫁《こ》が私の家族に加わり
家族に守られ　家族を支え　子どもを産んだ
その子どもらは大きくなってそれぞれに子どもを持ち
またその子らが大きくなって子どもを産む
人生それで充分です　と

II

現代詩

建国の初めより「自由」を掲げ
「言論の自由」を誇りとするアメリカで
九・一一のテロに
メディア全てが報復の戦争を叫んだ

そこで反戦の論陣を張る詩人が当然現れるが
やはり迫害をうける　無論マスコミからもだ
暴君の如く振る舞ったマスコミは
その後厳しい反省をしてみせたが
今後　同様の事が起これば
あやしいものだ

当時
旅順の攻囲軍に在る弟を歎き
無事を祈った女性詩人を
身内のだれをも征《おく》らなかった男性詩人が
国賊と罵った

ところで
私の知る現代詩詩人は
反戦主義者だが
「君死にたまふことなかれ」とは大仰な　というのだ
「君死ぬな」で十分だと
歌えば論理がぬけるのだと
脳は血で生きているのに

物質と精神《ことば》

天空の奥深く光る無数の星に曝されて
なお深くに在る闇の重さを感受してよこたわるは
太陽の光に荒れた躯を鎮めるためです
見ること能わぬ宇宙の果てがなお拡大しているとは
命限られたものの望外の慰みというものです
この手に触れる物質の素《もと》の粒子を表すに
虚数が入る不可解は
大いなる愉快を感ぜしめないでしょうか

物理学が確認する物質の素を記述せんとすれば
言語が不能《インポテンツ》に陥るは

荘厳というものです
この確かなる日常の普遍のなかに
事実存在せざるを得ぬ物質の素と宇宙の果て
その存在の悦楽《エクスタシイ》

手術

やわらかに　弾む皮膚を切り裂き
強靭な筋肉を割け
あふれ出る血液の中に
白い骨が露出する
潰れた関節を
精巧なチタンとセラミックに置換する
人体は機械だ

さて
科学のいうところ
食欲は蠕動《ぜんどう》する胃腸に存せず

性欲は熱き股間にある無し
空っぽの宝石箱を嘆く物欲とか
名刺の右肩に刷る名誉欲とか
須《すべか》らく欲望は脳を棲家とする由

さて
脳の移植が可能になれば
どなたの脳がよろしいやら

あるいはＡＩか

詩と音楽

天《そら》の高みから
深い闇を溶かしつつ
地上にとどく光とともに

地の底から
厚い地層を通して
聞こえてくるのか

湧きあがる歓喜を深め
胸ふさぐ悲哀を鎮め
ドボルザーク「新世界」第二楽章

あふれる空間
満ちみつ時間

俺は生涯
その至福のときを奪われた

詩人気取りのお調子ものが
この楽章に「家路」なる歌詞《ことば》を貼り付け
爾来　この調べが耳に入《い》るや
ああ　俺の頭の中は忽ち
「家路」を唄いだしやがる！

言葉によらず
形によらず
純粋培養された詩は

言葉に曝され
瞬時に腐敗する

言葉なき詩は
言葉なき無窮の感情
言葉なき無碍《むげ》の知性
言葉なき無限の言葉

山中は生物学のアインシュタインだ

二十世紀にアインシュタインがノーベル賞を得て
二十一世紀に山中がノーベル賞を得る
アインシュタインの前にプランクがいたように
山中の前にゴードンがいる
アインシュタインの相対性理論は物理学の革命だし
山中のｉＰＳ細胞は生物学の革命だ

発明発見の多くは　幸運な偶然によるものだが
二人の発明発見は明晰な科学によっている

山中は

何万とある因子をコンピューター処理し
百たらずに絞りこんだところで
勝負あった　とライバル達は称賛するが
　さて
このコンピューター処理に
「京」*は使われたのか　貢献したのか
あの名セリフ　「二番ではダメですか」
計算速度など　二番でも三番でも十分だ
だが　この発明は一番でないとダメなのです
経済利益第一のこの競争の世界

日本人・山中の優しさと品位が
世界のために必要です

*当時、計算速度世界最速だった。

色彩論

＊光の照射でその物質に固有の波長を弾き出して自身の色と為す

「このあざやかな赤い薔薇が人だったら　燃えるような恋する人ね」
「でも　このバラには赤い情熱だけが欠けているのよ
ほかのすべては備わっているのに
皮肉ね」

「この青いあやめの花が人だったら　清楚な人ね」
「この青い花は赤い情熱にも満ちているのよ
でもそしらぬ顔をしているの」

「だったらあの白い百合は純真無垢　けがれなき処女《おとめ》」

「うーん　そうかもしれない
けれど　すべてのものを寄せつけない　受けつけないのよ
けがれはないかもしれないけれど　無関心・・・」

「黒はどうなの？」
どんなものをも離さない　すべてのものを受け入れる
親切な冷酷
清楚な淫靡
冷静な熱情
真摯な戯れ
微笑《ほほえみ》の狂気
美徳の背徳
奉仕の私慾
虚偽の真実
存在の真理

お盆の火祭りホーランヤ

神はナンでか男に過酷で　暑い盛りに重労働
朝は六時の集合で　氏子《おとこ》総出のタイマツづくり
集合時間は六時でも　作業の時間ははるかに早く
時間ちょうどに現れて　皆にまぎれてたちまわろうと
ナマケた考え休むに似たり　だれかみているこの誠実

切り出す大竹十数本　口伝《くでん》の長さに切り整えて
ワラから編み出す太縄で　三人抱えの竹冊編んで
中に詰め込む件《くだん》の科《しな》は　氏子みんなで種から育て
てしおにかけて収獲せし　見事な小麦と菜種殻《なたねがら》
ときつほぐしつ形を整え　ほぼ正円の大タイマツ
頭には黄金輝くナタネを配し　エビの飾りを正面に
神事にかなう白《しら》紙なびかせ　目方はおそらく三百貫

猛暑さ中のお盆の最中　肩にくいこむ大タイマツを
朝のはよから必死でつくって　暑さ極まる時刻をはかって
古式にのっとり御神火移して熱風おこして　怒涛のごとくに境内ねって
さて　あとかたもなく灰となす

わが国の神の祭りは男の務め　故事来歴は不明だが
世界に名高いホモ・ルーデンス＊
担ぎ手のたしかにおぼえるカタルシス
ホーランヤ　よくぞ男に生まれける

しかして現代生活様式　多様に多義である故に
異なる見解それぞれ重くて
ホーランヤ　なんで男に生まれける

＊遊びを人間の本質とするホイジンガの用語

死

人はみな　死にゆくものと
わかき日は　死につくひとを
なげけども　死はゐそらごと
としふりて　死のかげさせば
日の夜ごと　生《いのち》の静寂《しじま》

おそひくる　死のなす虚無に
おびゆるは　生のさだめ

されど死は　むなしきのみか
うつしみの　つみもむくひも
きえさるは　永遠《とは》のやすらぎ

Ⅲ

オバマ大統領就任演説　（二〇〇九年）

自民党総裁選挙では五人の立候補者から
政治家と党員で現総理を選んだ理由が
「明るいから」
落ちた一人は吐きすてた
「明るいのなら寄席にいけばいっぱいいる
　肝心なのは　明晰かどうかだ」

アメリカ大統領選挙では
マケインさんは勇敢で明るかった
美人の副大統領候補はいつも笑顔で明るかったが
平静で　明晰なオバマさんを選んだ

気になってしかたないのだが
どの時局問題《ニュース》番組でも
若手漫才師《おわらい》の意見陳開者《コメンテーター》が大勢
明るく並んでいる
漫才でちょっと売れたら
すぐに陳開者《そっち》へ並びたがる
楽して儲ける魂胆で
これがまた儲かるのだ
だから器用に明るい
ある漫才《おわらい》の意見陳開者《コメンテーター》は
冴えない女《ファン》が寄ってくると言うらしい
「オレの年収ナンボや思とんねン」

いまどきの客はなんでもスグに笑うから

漫才だってよほどラクだと思うのだが
それでも創るのとか練習とか覚えるとかがイヤなのだ
努力するとかシンドイことはしないのだ

テレビ業界は大量の雇用を創出していて
吉本《よしもと》興業はそのテレビ業界に深く喰い込んで
絶大な力を持つ
若者は利口にソレを察知して吉本の門に大挙する
もちろん誰だって楽して儲けたいと思う
それはそうなのだが・・・
オバマ大統領就任演説に聞く
　仕事より娯楽を好み
　富と名声の喜びだけを追いかける者よ
　名も知られず労働にいそしむ人を見よ
　勤労と誠実は古く歴史を通じての真理なのだ

吉本《よしもと》興業よりもオバマどうだろうか

貧困

世の中は実に奇妙だ
様々な所で　さまざまな人が
いろいろな仕事を
バラバラに　勝手に　自由に営んでいる
かに見えるが
神の見えざる手によって
いままでは
それぞれ網にうけられて
救われていたのだが

いまごろは

乏しい蓄えに
節約を重ね
誠実に働き
営々と努力し
生活しつづける人々に
神よ
その手をのべられ給え
政権よ
はやく手をうて

時代

狭い玄関の
小さな沓《くつ》脱ぎ場をあがるとすぐ
居間がみえる部屋の片側を
白いパイプのベッドが占め
目を開けて老女が臥せっている
口に義歯はなく
下顎の前に一本残った歯が長い

六十を過ぎた息子は
大柄だが肝臓を病み
太っているが健全な歯は無い

五十半《なかば》の娘は
肥えているが腎臓を患って
歯は少ないが美しい顔だ
二人は独身で両親と同居している

老父は左半身不随だが
日常生活に不自由せず
義歯の歯は磨り減っているが痛みはない
太っているが背筋《せすじ》は勁《つよ》く
パイプベッドの向かい側の
低い卓袱台《ちゃぶだい》の脇には二段重ねで並んだ薄いミカン箱に
英語・ドイツ語・中国語　ラジオ講座のテキストが
四月・五月・六月ときちんと揃っている
ベッドの枕元から天井まで届く
斜めから撮った全身写真が

軍服に制帽　勲章が胸に二列　肩から剣をさげて
簡素な額に入っている

兄に稼ぎがなく
妹のパートタイムの収入は少ない
一家の主な収入は父の恩給だと
この息子は自嘲する

あなたよ
あなた一家の不幸が続くこの年月
僕の一家はまだしも幸運が続いているかもしれない
しかしあなたの一家が隆盛を誇ったあの時期
我が家は不運が続いていた
あらすじだけしか知らないが
時代はそうして流れてきたし

これからもそう流れるはずだ
見たまえ　いまこの日々の日常を　世相を
あなたは一家の不幸を泣くが
僕はしのびよる暗雲に　怯えているのだ

考えてみればちょっと前まで
家が困窮して進学をあきらめた　退学したなど
よくある話だったではないか

死んだ兄が以前
なにかの件で僕に語ったことを思い出す
「橋本凝胤が言ってた
　人間は必ず滅びる
　安心せい」

大震災

天罰にあらず地球の生理なり
原発事故はまさに天罰

東日本大地震は　地球の生理である
（天罰などであるものか）
原子炉爆発事故は　天罰である
（原発に加担しながら　そしらぬ顔ですむものか）

ウラニウムなる神話的物質の悪魔の残渣を
地中深部に　人間が
冥界を造って閉じ込めようと妄想し　まず
原子炉を簡易冥界に仕立てたが

二〇一一年三月一一日　崩壊した

我欲のためにウラニウムの禁断を犯した天罰を
ひき受けるどころか
加担者はさらに言いつのる
　津波の怖さに比べれば
　放射線は恐るるにたりない
　かえって体にいいのだ　と

加害者でありながら天罰だと嘯《うそぶ》く卑怯者よ
その醜態を
インターネット・アーカイブスに
この放射能が消滅する
その日まで
存分にさらされよ

電力会社を逃してはならない
この気楽な帝国に　厳格な勝利を遂げ
原発事故犠牲者に対する
真摯な償いとしなければならない
言葉に誑《たぶら》かされていてはならない

＊「あとがき」の追記参照（本書一三二頁）

冤罪

剣と天秤を持って女神テミスは
裁判所正面の高みに睥睨《へいげい》する
わが国にはまた　天網《てんもう》手にする天ある故に
事実を偽れば天は見逃さず
事実を敬わずば天罰がくだり
正義は必ず勝つ
と信じられているが
　誤解だ

裁判は原告と被告との弁舌闘争であり
事実をも信じさせねば負け
虚偽をも信じさせれば勝つ仕組みにあり
正義とはまったく関わりがない

あらゆる職業一般と同じく
司法のサラリーマンは
地位を上げるため上にへつらい
おぼえを得るためには嘘をいい
事実を隠して真実に背くも法律は
あくまで犯さずに
実利を勝ちとってこそ一人前というものだ

かくて
あわれにも人々が頼みとする最後の砦は
正義との関係を断つのである

かって人間は女神テミス*にさえ目隠しさせたものを

*古人は正義の女神像テミスにも剣を持たせるそのかわり、裁きに公正を課しいかなる先入観も許さじと、なおも目隠しをさせて秤らせたとみえる。

語るに落ちて

あのフロッピー前田は優秀な検事だと
上司の大坪・佐賀は買っていた　すなわち
被告をオトス取り調べと調書づくりがうまかったということだが
調べは密室で行なわれるはなしだし
どううまかったのか要領を得ないが
要するにどんなテをも使ったということだ
だから調べを受ける側は　いつも調書に不満をもち
取り調べを完全可視化とするようさけび続けたが
彼らは一切とりあわなかった

さてこの度
証拠改竄のカドで逮捕となった前田に
大坪・佐賀も同じムジナだと名指しされて
二人は取り調ベラレる身となったその瞬間
完全可視化を要求した

ジョートー（上等）だゼ

子ども

豊かな　しなやかな筋肉をつつむ皮膚は
短い毛で黄金《こがね》色につつまれ草原の風にそよいでいるが
チーターは自身の美しさを知らない
草原で子を育てる目は　不安をおびて見開いている

チーターが捕らえる獲物をつけ狙い
ぞっとするほど執拗で獰猛なハイエナは

自身の不器用な歩行も不気味な顔も知ることはない
棲家に残る子を餓えさせぬため
目はもの欲しさにギラギラする

チーターもハイエナも
子どもたちは　常に美しい

風に向かって

女性は皺が気になるように
男に頭の毛は重大だ
就職を前に
若禿頭《はげ》にフサフサと鬘《かつら》を買ったが
これが高額な消耗品だとは気づかなかった

三歳と一歳の子は
はげた頭を知らないし
同僚は疑ってもいないのに
妻は家計が苦しいから
「もうやめて」と訴える

なん日もなん日も悩んだあげく
彼は決心した
子どもに怖がって泣かれようが
同僚にわらわれて囃されようが
男は家族を養わねばならぬ

子どもに泣かれた
同僚に笑われた

いく日かでその嵐は止んで
会社の家族旅行の甲板の上
初夏の風は心地よく
みんなうきうきしているなか

「こんなに真向から風を受けとめるのって
　なん年ぶりだろう」
「あなたはいつも　ものかげにかくれたわ」

おりしも太陽が雲から出て
彼の頭はよく光った

だれも笑うものはいなかったサ
彼はかがやいていたのだ

人の目

有名食品会社で一名の社員募集に二千何百人が挑んだ
そして選ばれた　たったの一名が彼女だが
専門知識に秀でているわけではなかった
コネなどといわれるものは全くなかった
「あなたの笑顔はほんとにすてき」と母親に言われてはいたが
もちろん面接試験で披露したのではない

二年間パソコンを道具に
男性社員と同じく勤務し
「がんばり屋さんね」と母親にほめられた
販売部門に入った今年

彼女はたった一人で
全国三百何店をほこる有名スーパーから
ライバル社に占められた商品を一挙に駆逐し
自社製品で独占した
さすがに会社創業以来の快挙と
震撼させたと伝え聞く

彼女を採用した面接試験管とは
いったいどんな人なのだろう

いじめ

小学生のわが子を殺した薄幸の女は
子どもの頃
貧しいゆえに服装はほころび　汚れていた
貧しいゆえに銭湯の間があいて臭った
貧しいゆえに食事は粗末で少なかった
学校ではいじめられ
卒業の寄せ書きに同級生は
「町から出て行け」
「はやく死ね」
平然と載せている

野牛・バッファローの大群が

少数のライオンに襲われ子どもを喰われている
圧倒的に巨大なバッファローが
ライオンにたちむかえば蹴散らせるのに
なぜうつろな眼をしてたちつくすのだ

そしてあるとき
なかの数頭が突進し
大群がつづき
ライオンを蹴散らす映像を見る

薄幸の女よ
なぜ幼な子を殺したか
ずっと
背後にうつろな我々の
眼を見てきたからか

ストーカー

（男）故郷を離れ　家族と別れ
人であふれる都会で住《くら》すと
俺にはなにも無いと分かって
なにかをしなくてはと思い
なにをしようかと迷って
時間の流れに溺れるばかり
ある夜　バイト先の店長に
病気欠勤を告げようと
携帯に電話を入れると
出たのは若い女性
明瞭な　美しい発音で
しかもあたたかい音質で

しかし凛とした論理で
鄭重に番号違いを告げられた

（女）あの夜　迷いこんだ電波に
短いけれど丁寧に応じたが
それから昼に夜に
無言のベルがふるえはじめる
若い　少年に似た声だったが
田舎なまりがつよかったが
粗野なもの言いではなかったが・・・

夜　星の光の　その奥の闇と直《じか》に接し
息をひそめ　宇宙の重さを量《はか》る静謐の儀式《とき》
突如　ベルが響く
短い息づかいが　かすかに聞こえる

青空のもと
真昼のビルの谷間を
「話し方教室」講師の彼女は
スニーカーで闊歩する
背中のリュックのポケットで
かすかにベルが鳴っている
そしらぬ顔の彼女に促すと
ニヤッとして立ち止まる
ポケットをあけて手わたすとすぐに切り
「あの男よ」と片目をつぶる
「もてるんですね」
「声にだまされとんのよ」

彼女と僕は還暦仲間だ

隣国

将軍さまを真ん中に観客席満員の
グランドいっぱいに　いたいけな少年少女が
赤や青の衣装はれやかに
つぎつぎと複雑な動きを
激しくも軽ろやかに舞い　躍《おど》る
どの少年もどの少女も一様に
笑顔をたやさない
ニコニコ　ニコニコ　・・・
この異常
この不快

なんという規律
なんという恐怖

「北朝鮮は正式には
朝鮮民主主義人民共和国　というそうだが
今世紀最大のジョークだナ」
そう言って　兄はすこし笑った

人生（二）

一九九八年三月八日の夜
背の高いスリムな独身女性が
古いアパートの空部屋で絞殺された
一流企業で高給を取るインテリ女性が
定刻に退社して途中下車した駅裏で
執拗に声をかけて客をとる
安いカネで一晩に二人　三人
ノルマを果たし　終電車に遅れたことなく
必ず家族のもとに帰宅する
彼女の家族も親戚も金に困ったことはなく
彼女に贅沢のあともない

いかにも幸せそうに暮らす彼女の同級生が
記者の質問に応えるように告白する
「私だって　堕ちたいと思うこと　あるわ」

人生は不可解にみちている
そして存在にあふれている

ねじれ国会

国の政治は
衆議院が与党過半数で
参議院は野党が過半数だから
新聞・テレビや政治家はことあるごとに
「ねじれ国会ではねェ」と
したり顔で言うのだが
とんでもない
これがまっとうな国会なのだ
両院どっちも与党でなければ政治ができないとは
政治家の実力低下か
国会の仕組みが間違っているにすぎない

1か0かのデジタル頭の政治家は
両院一党過半数の慢性炎症で増殖したものだ
弁証法に耐えられないで
なにが政治家か

公共放送（笑顔考）

姿は似せ難く意は似せ易し　本居宣長

かつて素ッ裸のマリリン・モンローに
按摩《マッサージ》を施した老指圧師の口癖が
「指圧の心は母ごころ　押せば心の泉わく
　ワッハッハー　ワッハッハー」

ユーモアゆえに笑うのではない
面白くも可笑しくもないのに
とにかく笑顔でいれば身体にいいので
ひたすら笑っていようよと真面目におっしゃる御仁が多くて
小生なんぞは閉口する

公の場で　テレビで　男も女も「ニタニタ・ヘラヘラ」
若者も　いい歳をしたオンナもオトコも
「ニコニコ・ニタニタ」
司会とゲストが予定調和で笑いあい和みあい
まして歴史を語るにさえ「ニヤニヤ・ヘラヘラ」と
犯罪的行為だ

どんな喜劇的事実にも　どこかに悲劇が潜んでいる
どんな悲劇的事実にも　どこかに喜劇が隠れている
この事実《ニュース》は明るく「ニコニコ」と
こっちは暗くシカメッ面でと
そんな判断は神様にしかできないことだ

人間は懸命に事実に対して敬虔たれ
事実への敬虔なき精神は不潔だ

Ⅳ

日本国小哥

わが国はその昔　君が代で
ひそひそと　ながながと
苔のむすまで

わが国はその日から　民が世で

のびのびと　いきいきと

地球とともに

戦没画学生の絵

一家団欒の絵がある
その絵はこうだ
レコードがかかる部屋で
梅の花を活けた屏風を背に円卓を囲んだソファー
父は着物姿に威厳を備えて新聞を読み
母は黒い羽織で手を膝に組み　ものしずかに正面をみつめる
妹は黄色の羽織で　編みかけの毛糸を膝に　音楽に聴き入っている
洋装で三ツ揃いの兄は雑誌から目を離し　思考している
テーブルにりんごとみかんが盛られ　紅茶があったかそうだ
みんなの後ろでこの絵を描く本人はベラスケス風に
学生服でカンバスを前に

若々しいまなざしを放っている
召集令状がきてすぐにこの絵を描き始め
完成から二年後　二十六歳で戦死している
敬愛する家族のために
正確に描き遺したかった彼の遺言
家族が共有する在りしあわせの日を描きとどめた彼に
若い死を想う僕の無念は慰められて
ようやく平穏になった
だが絵の説明板後半に一家の事実が書かれていた
この絵は空想画だと
家が貧しかったために
こんな一家団欒はあり得なかったのだと

僕の平穏はもうなかった
現実には一度もなかった団欒の図

ああ怨みよ　とり憑け
怨みよ　狂《ふれ》よ

生い繁った樹々が
中央を奥に向かう一本の道に覆いかぶさる風景画は
同じ作者が兵営に発《た》つ一日前に描きあげたものだ
その真直ぐな道は
画面を真横に流れる大河に
没している

この絵もまた現実にない空想の風景であるが
憤《いかり》と怨《うらみ》を
家族に遺した彼の精神に因って
僕はようやく精神に平衡をとりもどした

敗戦後六十有余年

冷たい闇に鳴りひびく　けたたましいサイレンの音が
風を起こして焔を煽り一軒の邸宅《いえ》を焼く

ローンがあと五年で「定年まで実直に働いて
残ったのは家一軒や」　銀行員の彼はそう言っていたのに

異臭を放って黒い柱が晴れた空に屹立する

衣服を焼き　夜具を焼き　現金を焼き　証券を焼いた
妻は入院したが　彼は事後処理に余念がない

その日のくらしにはご近所の援助があって
困ることはさしてなく
やる事がたくさんあるし時間は限られてるし
「毎日が新鮮でネ」
家を失ったとて
なにほどのことやある　と

そうか
われわれの親は
かつて皆そうだったのだ

初夢

国をまもる気概のない恥ずかしい国民
国をまもるに武器をとることをこわがる国民
平和に痴れて戦争を拒否する国民
軍隊を放棄する腰抜けの国民

まことに勇気ある愛国心溢れる政治家評論家の言うとおりにちがいないし
支持者はネット上に溢れている
勇気あふれるその憂国の士に願う
たとえば
高性能爆弾をポケットにしのばせ
かの国におもむき要人と

にこやかに固い握手を交わし　スイッチを押す
あなた達の自爆テロで
目指す元凶どもをやっつけてもらえないか
政治家　熱心な評論家　ジャーナリストにテレビ・ラジオのコメンテーターに
吉本芸人にネットサポーター
国のために命を捧げよと唱える
日頃饒舌で勇ましい年寄りも中年も若者も我もワレもと
志願者はワンサと集まるはずだ
作戦の仕方ひとつで有効性は軍隊にも劣るまい
このテでこの国を護ってもらえまいか

この子らが戦争に征《い》かなくてもいいように

9・11

かつて
二十歳《はたち》にもならぬこの国の若者達が
帰還を断った片道だけの燃料で
みずから乗った飛行機を
小山のような軍艦に体当たりさせて
アメリカ兵を恐怖におとしいれた

僕の息子ほどのアラブ人が
なみなみと石油のはいった旅客機を乗っ取り
乗客もろとも体当たりさせて
そびえたつ富の象徴ニューヨーク貿易センタービルを

アメリカの空から消しさり
世界を恐怖におとしいれた
彼等は純粋だったのか

桜花

天《そら》はさ青《あを》に日の光
地に爛漫の花光る
花の宿りにうかれてや
蜜の甘きに燥《はしや》ぎてや
花の光の奥ふかく
鵯《ひよどり》　嬉々と呼び交はす

そよ吹く風のやさしさは
汚《けが》れをはらひ香をはこぶ
こぼれんほどの桜花
さかりを人にたとふれば

希望に震ふ青春に
似て憂愁の青み帯ぶ

光をいまに桜花
その艶麗のただなかに
はや散り初むる気配して
あすやもしれぬ花ふぶき
そは天然のさだめにて
人の命にたとふとも
戦の死者を言ふ勿れ

V

花見のお誘い

もろともに影を並ぶる人もあれや月の洩り来る笹の庵に　西行
蛍飛ぶあれと言はむもひとり哉　炭大祇

ああ　もう桜は散るのだ
また今年も　一度とてその下で座ることはなかった
よこたわって見あげることはなかった
いつも通りすがりに見るばかり
寒い日や雨の日の多いなか
あたたかい晴れた日もあったのに
また一年　待たなければ花は咲かないのに——
来年こそは

あたたかくて天気の好い日に
人影まばらな桜の群れにまぎれこみ
歩いては見　座っては見　伏しては見して
花と時間をともにして日がな一日花のもと
唯一人　犬だけをつれてサ

いや　それだけではなんともつまらない
僕はやっぱり一人はだめだ
「なにもかも僕がご用意致します
　どうかこの日は僕とご一緒してください」

オペラと浪曲

虎造礼賛

清水次郎長　国定忠治
義理に強いが情けに弱い
他人《ひと》が大事でわが身は後と
今も昔の浪花節
時世時節は移ろとままよ
十《とお》のときから馴染みの虎造
森の石松　日光円蔵《にっこうえんぞう》
意地を通して裏道渡世

強きをくじき　弱きをたすく
人の心は浪花節
その諧謔とかの名調子
広沢虎造永遠不滅

どこの国でも　日本の国と
人に変わりがあるはずはなし
義理と人情で浮世は流る
世界は同じ浪花節
日本語で演《や》る歌劇《オペラ》は滑稽
虎造浪曲《オペラ》は日本の至宝

蚊

ハッと気がつきゃ　悔しいかな
あとのまつりのこのかゆさ
グッとこらえりゃ　堪《こら》えるほど
かゆさますますますばかり

ジッとしのべば　欲ばりめが
まだすいたりずしのびよる
すがたみえねど　微かな羽おと
いきをころしてまちかまえ

腕にとまって　腰を構え
針刺す時を平手打ち
みよや鮮血　歓喜の色
復讐するは人にあり

同窓会

二年に一回の中学同窓会も
還暦だったから大勢が集まって
ずっと欠席だったルミちゃんも来た

小柄で明るいルミちゃんは家が貧しかったので
中学になると来たり来なかったりになって
彼女が休みだと朝から空気がぬけていくみたいで
僕はぼんやりしていた

卒業して看護学校に受かったルミちゃんは
カエルの解剖で顔から血の気が引いて卒倒し
先生に家へお帰りといわれてそのままに
学校をやめ　随分な男前と結婚して

成人式では子どもを抱いていた
いま娘さんは二人で　両親に似て美人だ

ルミちゃんは夫の浮気に苦労つづきで
「あのひと気が弱いからヨウことわらんねワ」
でもやっぱり四十いくつで離婚した
娘さん二人はルミちゃんがしこんで
いまは二人の孫も大学生　ルミちゃんが携帯電話に貼ってる写真だ
「ほんまに美人のすじやからうらやましいワ」
「いまが一番幸せやわ　苦労したぶんよけい幸せなんやろか」

大島は中学で一緒になった
一時間以上歩いて通っていて　背が高くてハンサムで勉強ができて
走りあいは一番だった
卒業後は大阪に出て市電の運転手になった

ルミちゃんが離婚後のゴタゴタで裁判所へ行く途中
市電に乗ったとたん
「おおルミちゃん！」
大きな声で　びっくりして一瞬だれだか分からなかった
「オレやオレや　大島や」
運転しながら大島はずっと話しかけて
もちろんルミちゃんも嬉しかったが運転中だし
大きな声だしでヒヤヒヤしたそうだ
「同窓会でまたね」と降りて
電車をずっと見送った
見えなくなると　涙がこみあげてきて
喧騒の街に佇《た》ちつくしたという

同窓会に大島はここ何回も出ていない
今年は定年になったし来るだろうと楽しみだったのに　いない　いない

ルミちゃんと僕は並んで座り
近況を書いた欠席者の返信ハガキが廻ってきて
食事をする僕に読んで聞かせるルミちゃんが
息を止めた

大島は去年　胃癌で死んでいた

皆と別れてからルミちゃんと
中学校の運動場に寄りポプラのそばのベンチにながい時間を座った
たくさんのことを話し合ったが
二人とも話す声は低かった

駅までの遠いかえり道　僕の手をにぎるルミちゃんの手は
ゆるまなかった

時間

（薬師寺にて）

用途不明の　柱の朱色も新しいこの古代様式の建物は
この壁画のためにたてられた由で
高名な現代画伯が数年をかけた壮大な労作
西域のパノラマ風景　砂漠の中の廃墟
その果ての雪に輝くそびえる山脈《やまなみ》
そしてまたつづく砂漠

画面に沿って
大勢の見学者のゆるやかな歩み
称賛の声はしずかに満ちて・・・

僕は黙してそのなかに混じる
さっきから

声にださずに言っている
「まるで風呂屋のペンキ画だ」

しかしいま崇高に見える仏像も
出来た当時は金ピカで
いま見る様とは随分にちがったはずだ
時代《とき》が経って
時間というひとりの作者が
人間の卑しい過剰を削ぎ落とし
たえず描きつづけているにちがいない

だから僕もえらそうなことはいえないナ
いつか深い好い絵になるかもしれない
それにしても
それはこの画家の手柄ではないナ

都会

汝らの中罪なき者まず石を擲《なげう》て
ヨハネ福音書第八章

おおらかな胸の谷間に赤いペンダントが揺れている
臍《へそ》の窪みは快活で
覗いた尻の割れ目がベルトの上で微笑する
都会はセクスが繁殖し発酵する

知識と見識を誇る高名な大学教授が
エスカレエタで女学生のスカートに手鏡をさし入れた由

僕は今日も都会を行く
顔を上げ　背筋を伸ばし
僕のけなげな恬淡

矍鑠《かくしゃく》たる佇まいと潔さ——吉田國厚詩集『真摯の刻《とき》』によせて

左子真由美

吉田國厚さんから最初に原稿をお預かりした時、詩集の題をお尋ねしたところ、吉田さんは「真摯の刻《とき》」とお答えになられました。その時「真摯」ということばを久しぶりに聞いたと思いました。なかなか真っ直ぐな題はつけにくいなか、その潔さにハッとした覚えがあります。この詩集に込められた思いを感じたわけです。

この詩集のなかには、長い時間の流れが詰まっています。著者本人の生きてきた時間（それだけでもかなり長いのですが）のほかに、お父様やお母様、そして義理のお母様やお兄様お姉様など、たくさんの方の生涯の物語も含まれていますので、わたしたち読者は、過ぎ去った時間の延々とした流れを感じ、過ぎ去った時代の肌触りを思い出すことができます。

吉田さんは詩を書かれるうえで様々なテーマを扱い、様々な手法を使われます。そのバックグラウンドの大きさ、深さに驚くのはわたしだけではないでしょう。身近な人々の描写や、社会批評、哲学的なテーマから戦争のこと、そして、時にはユーモラスな人間描写など。社会的な事象に鋭い批評でピンを押すようなもの、クスっと笑いを誘うような描き方。思わずしらず引き込まれるのですが、その奥にはどのテーマにしろ、どの手法にしろ、「真摯」な気持ちで正面から臨んでおられることには違いありません。

読ませていただくと、何度もハッとすることばに出会います。例えば、「現代詩」という詩の中で、最終連、

ところで
私の知る現代詩詩人は
反戦主義者だが
「君死にたまふことなかれ」とは大仰な　というのだ
「君死ぬな」で十分だと
歌えば論理がぬけるのだと

脳は血で生きているのに

「脳は血で生きているのに」ということば、「血」は「生命」そのものであり「こころ」であり、「感情」であり、人間らしく生きるうえで最も大切なものであるでしょう。詩人が血の通った温かい人間であることをこの一行は如実に示していると思います。

さて、詩人とはものごとの存在をとおしてものごとの本質を見る人のことではないかと日頃思っているのですが、吉田さんの「詩と音楽」という詩のなかに、まさにそれに当てはまる本質に触れることばに出会いました。その最終連、

言葉によらず
形によらず
純粋培養された詩は
言葉に曝され
瞬時に腐敗する

言葉なき詩は
言葉なき無窮の感情
言葉なき無碍《むげ》の知性
言葉なき無限の言葉

詩のもとになるものはことばではないということを思い出させる連です。それが「純粋培養された」時、「瞬時に腐敗する」。詩はことばによって書かれるけれど、ことばではないということをもう一度考えさせられました。そのことを詩人は良く知っておられる。詩を読む楽しみは、こんな格言のような真実を突いたことばに出会えることかもしれません。

ことばの面白さに加えて、その次の「色彩論」も発想の転換の面白さで惹かれる詩です。この詩によると黒という色は、「どんなものをも離さない　すべてのものを受け入れる」色だそうですが、逆説的なことばで黒という色を表現しており、その魅力的なことばの羅列に感じ入りました。

親切な冷酷
清楚な淫靡
冷静な熱情
真摯な戯れ
微笑《ほほえみ》の狂気
美徳の背徳
奉仕の私慾
虚偽の真実

この稿の表題を「矍鑠《かくしゃく》たる佇まいと潔さ」としたのですが、そのことを最も感じた詩があります。それは「死」という詩です。短いですので全文を引用してみます。本文では一行のあと一行空きという風にゆったりと割り付けていますが、ここでは詰めた形でご紹介します。

死

人はみな　死にゆくものと

わかき日は　死につくひとを
なげけども　死はゑそらごと

としふりて　死のかげさせば
日の夜ごと　生《いのち》の静寂《しじま》
おそひくる　死のなす虚無に
おびゆるは　生のさだめ

されど死は　むなしきのみか
うつしみの　つみもむくひも
きえさるは　永遠《とは》のやすらぎ

吉田さんの詩にはしばしば旧かなや文語調が登場します。この詩にはまさに文語調があっているし、この詩を読ませていただいたとき、わたしは「潔さ」ということばを感じたのでした。美しく整った形の詩のなかに、生と死の様相を見事に描いていると思います。若いときには言い得ない、書き得ないことばなのでしょう。「されど死は　むなしきのみか」という一行に至った悟りのような境地に読者は精神のやすらぎを感じることでしょう。

他にも「ストーカー」に描き出されたドラマは、詩人の別の面、ユーモアや諧謔を感じて惹かれた作品でした。ふとしたやりとりの中にも詩があるのですね。

採り上げたい作品は数々ありますが、紙幅にも限りがありますので、最後に深い感動をいただいた作品を挙げて拙稿を終えたいと思います。それは「戦没画学生の絵」という詩です。

それは一家団欒の理想的な姿を描いた絵で、戦死した一人の画学生が描いた家族の絵。しかし、それは空想画でした。一家は貧しかったため、そこに描かれたのは現実には一度もなかった姿だったという詩です。その最後三連、

僕の平穏はもうなかった
現実には一度もなかった団欒の図
ああ怨みよ　とり憑け
怨みよ　狂《ふれ》よ

生い繁った樹々が
中央を奥に向かう一本の道に覆いかぶさる風景画は
同じ作者が兵営に発《た》つ一日前に描きあげたものだ
その真直ぐな道は
画面を真横に流れる大河に
没している

この絵もまた現実にない空想の風景であるが
憤《いかり》と怨《うらみ》を
家族に遺した彼の精神に因って
僕はようやく精神に平衡をとりもどした

この事実の重さもさながら、それを詩に描いた吉田さんの真摯さに敬意を表したいと思います。反戦云々にはひとことも触れず、戦争の哀しみを痛いほどに伝えてこの集中でも傑作だと思いました。「ああ怨みよ　とり憑け／怨みよ　狂《ふれ》よ」、この二行は頭に取り付いて離れないことばとなりました。

最後に、吉田さんの詩について纏めるとすれば、その詩には天性の骨太さに加えて、事象を掴む鍛えられたことばの腕力があり、大地を踏まえることばの脚力があると思います。本詩集の通奏低音は、「諦念」ではなく、今生を生き抜く先の「覚悟」であると言えるでしょう。そして「詩は生き延びよ！」という声も聞こえるようです。

この詩集には吉田さんの人生や社会への真摯で熱い思いがあふれています。多くの人に読まれて感動が伝わりますことを願ってやみません。

あとがき

詩集『太郎を眠らせ』を上梓してから、八年が経過しています。当時、絵を好くした次兄田守陳哉が癌を患っていたので、「うたう詩を書く」島田陽子教室で綴ってあったうちから、急ぎ二〇篇を編み、兄に全篇への絵を依頼し、そして兄は出版を見届けてくれたのでした。今回、僕自身の小みちのしるしとともに、十余年島田教室に通う間の体験と世相の一証言に、と上梓する次第です。世事・世相・体験の事実そのままと、その事実から生まれた空想・想像による僕の真実をうたっています。そのため、各篇への補注を付けるのが本来ですが[*]、なにせ齢八十で「記憶の円錐形」も角度は広がり錐部は丸まりで、そして根気も希薄になって、という有様で、省略をお許し願いました。願わくば各篇が各時事を想起させうれば、或いは時事と離れて普遍性を帯びてくれれば、と祈っています。どうか諸兄姉におかれましては寛容で根気よい読み手でいただけるようにと願って已みません。

追記　「東日本大震災」

散文が先になるか後になるかは別にして詩は散文の結論でありたい、と考えるので、福島の原発事故が未だ正当に検証をなされない、散文を盡《つく》されないうちに詩をなそうとするのは著しく事実への敬虔を欠きますが（「アウシュビッツ以降　詩を書くことは野蛮である」アドルノ）、ときの都知事石原慎太郎が、この大震災は近年の人間の驕りに対する天罰だと言い放ったので、僕は堪《たま》らず直観に従ったのです。

上梓するにあたり、中島和子先生〈童話作家・詩人〈童話『最後のまほう』等・詩集『青い地球としゃぼんだま』等〉〉には、大変面倒をおかけし、激励を受け、やっと陽の目をみた次第です。厚く感謝申しあげます。

そして版を為すにあたり、題字を書家増田ツル子氏が快く承諾、この拙い詩集を、斯くひきたたせて頂いたことは、幼なじみの因とは謂え本当に幸運で、うれしいかぎりです。そしてそのうえ左子真由美氏には、身にあまる御文をいただき面映ゆいことながらも、二重の喜びです。ここに記して御好意に厚く感謝申し上げます。

＊

日本テレビ怪

ブラウン管ではソリャにこやかに
寛容よろしく紳士面
街でわがまま窘《たしな》められて
ツイにヤッパリ顎ける馬脚

（松平定知アナウンサーが酔ってタクシー内で運転手の顎を蹴り懲罰を受ける）

衛星放送ソラ打ち上げろ
リーダーよろしく独裁者
三百面してウソ八百で
情婦《オンナ》の手当ては会社もち

（ＮＨＫの電波事業拡大計画）
（ＮＨＫ島桂次会長、海外へ愛人同伴の豪華出張がばれて
辞めさせられる）

笑顔と涙がなにより好きで
浪花節だよスポーツ放送
モミ手ゴマスリそばスリ寄って
なにがなんでも笑顔でドーゾ

（ＮＨＫ独占大相撲放送）

なかに手強き若武者候
花も実もある若貴花田
褌《まわし》キリリと正面見据え
ニコリともせず応えて候

（横綱貴乃花と若乃花の元のシコ名）
（貴花田、宮沢りえとの婚約取材）

礼に始まり終わりも礼と
けじめきびしき相撲の形
笑う門にはけじめがかからず
とりつく島あり下知ケイジハン

（島佳次会長のあだ名がシマゲジ）

世界に冠たるテレビの技術　（技術大国日本）
ソフトでビリ尻《ケツ》エミたれ流し
ひとりヨガリで甘えてハシャイで
日本のテレビは年十二歳　（日本占領ＧＨＱマッカーサーの日本評価が十二歳）

まっ平　（松平定知アナ）
島の海潮　（島佳次会長）
おおやけ　こやけ　（公・私事）
渡し今度は　（近年ではコネクティングルームか）
カミサンづれよ　（愛人の名前が神〇〇子）
晴れてかなしや　円　エッチ　刑　（国会にバレて会長を解任される）

二〇一一年七月

吉田國厚

吉田國厚（よしだ・くにあつ）

1940年3月3日生まれ。
1995年、朝日カルチャーセンター「うたう詩を書く」教室・島田陽子講師から江口節講師「詩を読む　詩を書く」教室に通う。のち、中島和子講師「たのしい童話の書き方」教室、上辻蒼人講師「健やか交流塾俳句教室」に通う。

著書　詩集『太郎《たろう》を眠《ねむ》らせ』（2013年　編集工房ノア）

現住所：〒634-0835 奈良県橿原市東坊城町835

詩集　真摯の刻《とき》

2021年10月1日　第1刷発行

著　　者　吉田國厚
発 行 人　左子真由美
発 行 所　㈱竹林館
〒530-0044　大阪市北区東天満2-9-4　千代田ビル東館7階FG
Tel　06-4801-6111　Fax　06-4801-6112
郵便振替　00980-9-44593　URL http://www.chikurinkan.co.jp
印刷・製本　モリモト印刷株式会社
〒162-0813　東京都新宿区東五軒町3-19

ISBN978-4-86000-457-6　C0092